STAR WARS
THE
MANDALORIAN

D'après la série créée par Jon Favreau et écrite par Jon Favreau,
Dave Filoni, Christopher Yost et Rick Famuyiwa.
Adaptation de Joe Schreiber.

Traduction : Julien Bétan.

Conception graphique du roman : Audrey Thierry.

Hachette Livre, 58 rue Jean-Bleuzen 92178 Vanves Cedex.

STAR WARS
THE
MANDALORIAN
L'Enfant
hachette
JEUNESSE

MANDO

Mando est un chasseur de primes redoutablement efficace. Orphelin secouru et recruté par les Mandaloriens, il remplit ses missions et empoche ses récompenses, sans jamais poser de questions… jusqu'au jour où sa conscience le pousse à trahir son devoir.

L'ENFANT

Cette mystérieuse créature de l'espèce de Yoda semble posséder des pouvoirs insoupçonnés. Malgré ses cinquante ans, c'est encore un enfant, à la merci de tous les dangers. Convoité par de nombreuses personnes malintentionnées, il va trouver en Mando un ami et un protecteur.

KUIIL

Cet Ugnaught solitaire vit dans une ferme sur Arvala-7. Il élève des blurrgs, des créatures reptiliennes qui lui servent de montures et qui sont aussi têtues que lui.

IG-11

IG-11 est un droïde programmé pour tuer. Comme Mando, il a été missionné par la Guilde des chasseurs de primes pour retrouver l'Enfant. Et rien ne pourra l'empêcher d'accomplir sa mission, à part Mando, peut-être !

Il y a bien longtemps,
dans une galaxie lointaine,
très lointaine....

Chapitre 1

TELLE EST LA VOIE

– C’est ma plus grosse prime, annonce Greef Karga.

De l’autre côté de la table, le Mandalorien l’observe. On ne sait jamais si Karga dit toute la vérité. En tant qu’agent local de la Guilde des chasseurs de primes, il répand des rumeurs, des demi-vérités et des mensonges purs et simples, de la même manière qu'il utilise les crédits impériaux et les palets de traque : des outils qui lui permettent de maintenir un équilibre précaire et changeant entre les chasseurs qu'il emploie et ses mystérieux commanditaires. Il n'y a rien de personnel, les affaires sont les affaires.

– Montre-moi le palet, dit Mando en faisant référence au petit appareil holographique qui contient les détails d'une prime.

– Pas de palet. Un face-à-face, explique Karga avant de marquer une pause. Commission en direct. Le client a les moyens.

Le Mandalorien n'est pas surpris. Les boulots les plus profitables sont souvent accompagnés d'informations évasives, en général pour protéger le client, qui préfère garder ses activités secrètes.

– La pègre ?

– Tout ce que je sais, c'est qu'il n'y a pas de code d'identité, grogne Karga sans chercher à masquer son impatience. Tu veux le laissez-passer ou pas ?

Le Mandalorien accepte. La réponse était évidente. Même pour un chasseur expérimenté et aussi réputé que lui, les choix sont restreints, des Mondes du Noyau à la Bordure Extérieure. Depuis la chute de l'Empire, la galaxie semble s'être égarée. L'économie est instable, les lois ne sont plus respectées, et si la Nouvelle République a promis paix et prospérité, elles ne sont pas encore parvenues jusqu'à une planète comme Nevarro. De nos jours, dans ces rues et un millier d'autres qui leur ressemblent, des contrebandiers, des voleurs, des chefs de guerre locaux et des malfrats mènent leurs activités dans l'ombre et parfois à la vue de tous. Le crime prolifère chaque jour un peu plus, mais pour les chasseurs de primes, les criminels ont de moins en moins de valeur.

Tandis qu'il arpente les ruelles pour aller rencontrer son nouveau client, Mando songe à son avenir immédiat : sa prochaine mission, la suivante, puis celle qui lui succédera. D'innombrables visages, des planètes oubliées, dont les noms se réduisent à des crédits versés ou à des dettes. Ses cibles forment une chaîne, un flux sans fin de primes s'étirant vers un futur incertain. La Guilde attend des chasseurs qu'ils livrent leur objectif sans poser de questions et l'oublient aussitôt, ce qui convient parfaitement au Mandalorien.

Il y a déjà trop de choses qu'il ne peut oublier.

Le fracas des explosions, les visages terrifiés de ses parents, luisants de sueur – un souvenir aussi vivace que déstabilisant –, tandis qu'ils fuient avec lui dans la rue, leur monde tombant en pièces derrière eux pendant la Grande Purge…

Au-delà de tout, il y a le Credo.

Quelque part entre les ténèbres du passé et le flou nébuleux de l'avenir, sa route, elle, reste claire. Où qu'il aille, les compétences et la force des Mandaloriens guident ses pas, le menant vers un destin qui l'attendra toujours.

Car telle est la Voie.

LE CLIENT

– Greef Karga a dit que vous viendriez.

Mando se tient face au Client, se drapant dans le silence. Pour une supposée planque, la pièce ne semble pas particulièrement sûre. En entrant, quatre stormtroopers aux armures poussiéreuses et cabossées l'ont entouré, blasters à la main. Comme l'Empire qu'ils ont jadis servi, les soldats ont perdu leur autorité officielle, mais pas leur dangerosité. Désormais, ils travaillent, combattent et tuent pour le plus offrant.

– Qu'est-ce que Karga a dit d'autre ? demande Mando.

– Que vous étiez le meilleur de tout le parsec.

Le Client reste impassible. L'homme aux cheveux blancs a environ soixante-dix ans et un accent que Mando n'arrive pas à identifier, mais ses manières distinguées laissent supposer qu'il a été un officier impérial de haut rang.

– Il a aussi dit que vos services n'étaient pas à la portée de toutes les bourses, ajoute-t-il.

Ce n'était pas une question : Mando ne prend pas la peine de répondre. Un tintement étouffé retentit tandis que l'homme déplie le morceau de fin tissu noir posé sur la table devant lui, révélant une plaque métallique rectangulaire qui tranche avec la doublure rouge du textile. Derrière lui, Mando sent les soldats se pencher pour mieux voir. Même eux ne parviennent à dissimuler leur intérêt pour un tel trésor. Le Mandalorien reconnaît instantanément le métal.

– Du beskar ?

– Ce n'est qu'un acompte, précise le Client. Vous pourrez empocher le reste quand vous nous aurez livré l'objectif.

– Vivant, ajoute l'homme à lunettes qui se tient nerveusement près de lui.

Le Client l'a présenté comme étant le Dr Pershing. Quelques instants plus tôt, quand il est entré précipitamment dans la pièce, Mando a failli l'abattre, mais le Client lui a demandé de baisser son arme.

– Une preuve de son exécution serait également acceptable, explique le vieil homme en ignorant les protestations maladroites de Pershing. Il faut rester pragmatique : votre métier n'est pas une science exacte.

Il marque une pause, laissant décanter le sens de ses paroles.

– Il est normal que le beskar revienne à un Mandalorien. Il est bon de restaurer l'ordre naturel des choses après une période aussi chaotique, non ? demande-t-il en levant les yeux.

Que Mando ait été d'accord ou pas, il a accepté le contrat, tout comme le beskar. Le Client lui a fourni un capteur de positionnement et la dernière localisation de la cible. La chasse l'attend.

Cependant, il doit d'abord se rendre quelque part.

Il passe la porte cachée et descend l'escalier, retrouvant la fraîcheur et les ombres familières. La fonderie de l'Armurière se trouve au pied d'une longue volée de marches, loin sous la surface, dissimulée au regard des ennemis qui ont conduit leur secte à se réfugier sous terre. C'est un lieu dont l'emplacement est rigoureusement gardé secret. Là, dans la pénombre, le cercle de flammes bleues brûle d'un feu régulier, et le bruit métallique du marteau de l'Armurière semble doter l'obscurité d'une sorte de pouls.

Mando et elle se saluent d'un hochement de tête. Lorsqu'il lui tend la barre de beskar, elle reste un instant silencieuse.

– Ceci provient de la Grande Purge, dit-elle. C'est une bonne chose qu'il soit de retour dans la tribu.

Elle se tourne vers lui pour ajouter :

– Une épaulière me semble de mise. T'a-t-on révélé ton blason ?

– Non.

– Bientôt.

L'Armurière verse le beskar en fusion dans la forge, le métal s'écoule le long d'une série de rigoles pour venir remplir un moule.

– C'est extrêmement généreux de ta part, dit-elle d'une voix un peu plus douce. L'excédent aidera de nombreux orphelins.

– Tant mieux. J'en étais un moi-même.

– Je sais.

Il n'y a pas grand-chose à ajouter.

Peu de temps après, le Mandalorien poursuit son chemin.

ARVALA-7

Le *Razor Crest* est le foyer de Mando.

Si d'autres ne voient dans la canonnière qu'un simple moyen de transport ou de fuite, le Mandalorien considère le *Crest* comme un havre de paix, un endroit sûr, presque une extension de l'armure et du casque qui le protègent. En programmant les coordonnées fournies par le Client dans le navordinateur, il sent monter le grondement familier des propulseurs. Le vaisseau s'ébranle, décolle du spatioport, légèrement incliné, puis s'élance vers l'espace.

À bien des égards, toutes les traques du chasseur de primes se ressemblent. D'ici quelque temps, il sera de retour sur Nevarro avec sa proie, collectera son dû, avant de répéter le même processus.

Pourtant, cette fois, les choses semblent différentes.

Cela vient peut-être du beskar, de son poids au creux de sa main, et de la prédiction de l'Armurière au sujet de son blason, qui devrait bientôt lui être révélé.

Le vaisseau poursuit son vol, décrivant un arc à travers l'espace, jusqu'à ce qu'une balise de proximité se mette à pulser sur le tableau de bord. Mando, tous ses sens en alerte, se penche en avant pour passer les commandes en manuel. Tandis qu'il perd de l'altitude et amorce sa descente, la surface rocailleuse d'Arvala-7 s'étire devant lui, couverte de pics nus et dentelés.

Le désert vient à sa rencontre, progressivement, puis d'un seul coup. Le Mandalorien sort le train d'atterrissage et pose le vaisseau sur une surface plane, au fond d'un canyon entouré de collines rouge brun. La porte s'ouvre et il emprunte la rampe d'embarquement pour examiner le paysage, tandis que le capteur de positionnement clignote dans sa main. Après ces heures passées à l'intérieur du *Crest*, Mando apprécie de retrouver la terre ferme, même si le sol sous ses bottes est mou et boueux.

Il épaule son fusil, active la lunette et scrute lentement les étendues environnantes, suivant la ligne d'horizon jusqu'à ce que son regard se pose sur deux créatures bipèdes et trapues, qui errent sur la plaine. Les bêtes, d'une laideur qui confine au ridicule, ont le dos rond et une tête aplatie, grossière, ressemblant à celle d'un poisson primitif. Leurs gueules garnies de dents semblent capables de broyer tout ce qui se trouve sur leur passage. Des créatures manifestement dangereuses de près, mais le Mandalorien compte bien garder ses distances. Pour l'instant, il n'en voit que deux.

La troisième se tient juste devant lui.

Elle l'attaque en poussant un mugissement féroce. Mando hurle quand les mâchoires se referment sur son bras et le font tournoyer dans les airs avant de le projeter à terre. Il parvient à se libérer et actionne son lance-flammes ; la créature laisse échapper un cri et le relâche, mais il comprend vite qu'il l'a simplement énervée. L'instant d'après, une bête de la même espèce fonce sur lui et l'aurait certainement achevé sans la fléchette tranquillisante qui la foudroie soudain.

Mando lève les yeux et découvre une autre créature, penchée sur lui. Contrairement à ses congénères, celle-ci transporte un cavalier : un Ugnaught avec un casque et des lunettes de pilote, qui ne semble pas surpris de trouver un Mandalorien étalé sur le sol, la jambe coincée sous le corps d'un animal.

Mando indique d'un hochement de tête les fléchettes plantées dans la peau de la bête.

– Merci.

L'Ugnaught l'observe un moment, avec le regard de quelqu'un qui a l'habitude de vivre seul.

– Tu es un chasseur de primes.

– Oui.

– Alors je t'aiderai. Je m'appelle Kuiil.

Je ne t'ai rien demandé, pense Mando. Mais l'Ugnaught a déjà hoché la tête.

– Ainsi ai-je parlé.

DOMPTER LA BÊTE

Kuiil explique au Mandalorien que les créatures qui l'ont attaqué s'appellent des blurrgs. Elles sont horribles et dégagent une odeur abominable ; toutefois, si Mando veut voyager sur Arvala-7, il va non seulement devoir en chevaucher une, mais apprendre à la maîtriser.

– De nombreux autres sont passés par ici, explique Kuiil tandis qu'ils discutent, assis dans sa ferme à vapeur. Ils cherchaient la même chose que toi.

– Tu les as aidés ?

– Oui, répond l'Ugnaught en lui servant un verre d'eau. Ils sont morts.

– Dans ce cas, je ne suis pas sûr d'avoir envie que tu m'aides.

Kuiil ne relève pas la remarque.

Plus tard dans l'après-midi, il conduit le chasseur de primes à l'extérieur, jusqu'à l'enclos derrière son installation. Puis il observe patiemment les tentatives de son nouvel invité, qui essaie de chevaucher le blurrg, mais se fait éjecter, encore et encore. L'Ugnaught se demande dans quelle mesure l'armure du Mandalorien amortit les chocs. C'est la bête que Kuiil a immobilisée plus tôt grâce à ses fléchettes, et il doit bien avouer qu'elle semble encore plus furieuse qu'auparavant, déterminée à se venger de celui qui a voulu la brûler à coups de lance-flammes.

Tu n'aurais peut-être pas dû recourir si vite à cette arme, songe Kuiil, qui décide néanmoins de garder son opinion pour lui. Debout de l'autre côté de la clôture, il n'a pas besoin de voir le visage du Mandalorien sous son casque pour savoir que chaque nouvel échec l'exaspère un peu plus. Il va bientôt perdre patience.

– Je n'ai pas de temps à perdre avec ça, lance Mando. Est-ce que tu as un landspeeder ou un speeder bike à me louer ?

Kuiil secoue la tête.

– Tu es un Mandalorien ! Tes ancêtres chevauchaient le grand mythosaure ! Tu dois bien pouvoir dompter cette jeune pouliche !

Mando se remet péniblement sur ses pieds et se tourne vers le blurrg, de l'autre côté de l'enclos. L'animal le fusille de ses yeux jaunes et maléfiques, se préparant déjà à leur prochain affrontement. Kuiil, qui connaît bien les expressions de ces créatures, a l'impression de pouvoir lire dans ses pensées. *Je vais te vaincre*, disent ses yeux. *J'ai jeté à terre des hommes bien plus valeureux que toi, chasseur de primes, et je continuerai à le faire longtemps après que tu seras parti. Sauf, bien sûr, si tu préfères mourir ici.*

Kuiil attend de voir la réaction du chasseur : va-t-il abandonner et s'en aller, ou tenter encore une fois de dompter le blurgg par la force ?

Toutefois, le Mandalorien choisit une autre option. Au début, il semble ne rien faire du tout. Kuiil le regarde esquisser un pas en direction du blurrg, puis un autre, les bras le long du corps, les mains légèrement levées en signe de paix.

– Tout doux, dit-il.

Cette fois, au lieu de se jeter sur la bête, il s'en approche lentement, afin qu'elle puisse s'habituer à sa présence.

– Tout doux.

La créature renâcle, grogne, mais ne charge pas. Quand il tend le bras vers elle, elle le laisse poser la main sur le dessus de son crâne.

– Très bien.

Mando se hisse sur son dos. Elle gronde, sans ruer toutefois, et lorsqu'ils sortent de l'enclos pour chevaucher vers le désert, le chasseur trouve progressivement son équilibre.

L'un derrière l'autre, Kuiil et Mando s'éloignent du camp et grimpent une série de pics et de crêtes étroites, parsemés de failles abyssales. Les blurrgs bondissent au-dessus de ces gouffres avec une agilité surprenante, sans jamais perdre leurs appuis. En redescendant vers un terrain plus plat, les deux cavaliers traversent de vastes étendues de boue séchée, crevassées, irrémédiablement entaillées par l'œil implacable du soleil.

Finalement, quand ils atteignent un haut plateau, Kuiil arrête sa monture et indique un point en contrebas.

– C'est là-bas que tu trouveras ta proie.

Tout en contemplant les bâtiments, Mando plonge la main dans la poche latérale de son baudrier et tend à son compagnon une petite bourse remplie de crédits.

– Tiens. Tu le mérites.

L'Ugnaught secoue la tête.

– Depuis qu'ils sont arrivés, ce territoire a vu déferler un flot sans fin de mercenaires cupides et assoiffés de destruction.

Mando le regarde sans comprendre.

– Pourquoi m'avoir guidé, dans ce cas ?

– Ils n'ont pas leur place sur cette planète. Ceux qui vivent ici sont venus chercher la paix. Nous n'aurons pas la paix tant qu'ils seront là.

– Mais pourquoi m'as-tu aidé ?

Kuiil ne répond pas tout de suite. Ayant passé des années sans parler à personne, il pèse chacun de ses mots, les choisit avec soin.

– Je n'avais jamais rencontré de Mandalorien. J'ai seulement lu des histoires. Si elles disent vrai, tu en auras vite terminé. Et la paix reviendra.

L'Ugnaught tire sur les rênes de sa monture et lève la main, mettant fin à leur échange.

– Ainsi ai-je parlé.

UN ALLIÉ DE CHOIX

Le campement consiste en une série de bâtiments aux toits plats, disposés en forme de U. Depuis les hauteurs, Mando observe à la longue-vue les mercenaires et les gardes nikto qui tuent le temps sous le soleil de la fin de journée. Habitués aux milieux désertiques, les Nikto sont imposants, avec leur peau écailleuse, leur visage et leur crâne hérissés de cornes et de pointes. Vus d'ici, ils paraissent dangereux, un peu comme les stormtroopers qu'il a croisés dans la planque du Client : des soldats qui s'ennuient, lourdement armés et prêts à en découdre.

Il est toujours en train de les surveiller et de planifier son approche, quand une voix mécanique s'élève, reconnaissable entre mille, venant envenimer la situation.

– Attention, annonce le droïde chasseur de primes aux mercenaires. L'alinéa 16 de la dérogation au protocole de la Guilde Bondsman vous impose de livrer immédiatement l'objectif susmentionné.

– Oh non, marmonne Mando.

Plus bas, l'unité IG est toujours en train d'avancer quand les gardes postés autour de l'esplanade tendent la main vers leur blaster – signant par la même occasion leur arrêt de mort. Sans hésiter, le droïde passe à l'action, tournant sur lui-même et abattant les soldats les uns après les autres, un pistolet dans chaque main, sans cesser de faire feu avec une précision redoutable. Il ne faiblit pas un seul instant, même lorsqu'une décharge ricoche sur la plaque de son processeur.

Tandis que Mando descend vers les bâtiments, il se rend compte que les tirs ont cessé. Le silence plane sur l'étendue désertique. Lorsque les derniers échos se perdent dans le lointain et que la fumée et la poussière retombent, il constate que le sol est jonché de corps de mercenaires nikto. Dans le calme qui règne, la voix du droïde répète, imperturbable, avec exactement la même intonation :

– L'alinéa 16 de la dérogation au protocole de la Guilde Bondsman vous impose de livrer immédiatement l'objectif susmentionné.

Il s'avance avec l'assurance sans faille qui caractérise les droïdes chasseurs de primes.

Mando passe le coin du bâtiment.

– Unité IG ! Dépose les armes ! ordonne-t-il.

Le droïde lui tire dessus. La décharge s'écrase sur son plastron et l'impact est assez puissant pour le projeter en arrière, dans une rangée de bidons alignés le long d'un mur. Simultanément, la douleur lui vrille l'épaule et la cage thoracique, manquant de lui couper le souffle. Le beskar a dévié une bonne partie du choc, mais l'avenir proche de Mando promet son lot de souffrances.

Devant lui, le droïde le regarde, peut-être encore occupé à analyser la raison pour laquelle son blaster a fait si peu de dégâts. Le chasseur se redresse, comprenant qu'il dispose de moins d'une seconde pour convaincre l'IG de ne pas l'achever d'une décharge dans la tête.

– Je fais partie de la Guilde ! crie-t-il en levant son capteur de positionnement.

– Tu es membre de la Guilde ? demande le droïde, dont la voix comporte pour la première fois une note d'incertitude. Je suis IG-11, ajoute-t-il. Je pensais être le seul sur cette mission.

– Comme ça, on est deux.

Mando pivote pour examiner l'entrée fortifiée qui leur fait face. Il y a sans aucun doute d'autres Nikto à l'intérieur, tous bien conscients que quelque chose a très mal tourné dehors.

– Adieu l'effet de surprise, marmonne-t-il.

Cependant, l'IG souhaite aborder des sujets plus pressants :

– Malheureusement, je dois te demander ton capteur. Cette prime me revient.

Le Mandalorien se tourne vers le droïde, évaluant ses options.

– Sauf erreur de ma part, tu es toujours bredouille.

– C'est vrai.

– J'ai une suggestion, dit Mando.

– J'écoute.

– On partage la prime.

– C'est acceptable, réplique aussitôt le droïde.

– Parfait. Mettons-nous à l'abri pour élaborer un plan.

Si le droïde répond quelque chose, Mando ne l'entend pas.

Car c'est à cet instant que la deuxième vague attaque.

Il y a davantage de Nikto cette fois, qui surgissent de l'ombre et se déploient sur les toits. Les décharges commencent à pleuvoir dans toutes les directions. Plongeant pour se mettre à couvert, le Mandalorien riposte, tandis que l'IG pivote sur lui-même en enchaînant les tirs. Grâce à sa programmation, chaque coup fait mouche, mais malgré cet avantage, la situation dégénère rapidement. Les Nikto affluent sans cesse. Si cela continue, Mando et IG-11 seront complètement débordés.

Mando consulte son capteur de positionnement. Le signal s'intensifie. Il jette un œil en direction de la porte close, de l'autre côté de l'esplanade. Aucune erreur possible : l'objectif est à l'intérieur. Ils touchent au but. Pourtant, à vingt mètres de là, sous un feu nourri de blasters, sa proie pourrait tout aussi bien se trouver aux confins de l'Espace Sauvage.

– Nous semblons pris au piège, dit le droïde, visiblement programmé pour énoncer des évidences. Je vais enclencher la séquence d'autodestruction.

– Holà ! lance le Mandalorien en faisant volte-face, se demandant s'il a bien entendu. Tu vas faire quoi ?

– Le protocole de mon fabricant m'interdit d'être capturé. Je dois m'autodétruire.

– Ne t'autodétruis pas ! ordonne Mando. Couvre-moi !

Apparemment disposé à envisager cette alternative, l'IG continue de tirer en tournoyant, pendant que le chasseur de primes esquive les décharges et traverse l'esplanade en direction de l'entrée. Elle est protégée par un bloc de sécurité obsolète et un panneau d'accès : avec un peu de temps et en l'absence de fusillade, le Mandalorien aurait pu contourner le système, mais à cet instant précis, ces conditions sont loin d'être réunies. Une seconde plus tard, un tir de blaster atteint le bloc, le réduisant à un amas grésillant de câbles et de circuits.

– Ils nous ont coincés ! crie Mando.

– Je vais enclencher la séquence d'autodestruction, annonce gaiement le droïde.

– Ne t'autodétruis pas ! On peut encore s'en sortir !

Cependant, quelque chose a changé dans l'attitude des Nikto qui les encerclent. Ils se sont immobilisés et jettent des coups d'œil furtifs par-dessus leur épaule.

En suivant leur regard, le Mandalorien comprend ce qui a attiré leur attention : un canon laser d'artillerie lourde monté sur un aéropad est en train de se positionner de l'autre côté de l'esplanade, son énorme fût braqué directement sur eux.

– OK, lâche Mando. Changement de plan, on...

Le canon rugit, crachant une salve lourde de décharges.

Grâce à son support flottant, son opérateur dispose d'une portée illimitée et le Mandalorien sait que l'arme est très puissante : aucune armure n'est capable d'encaisser un tir direct. Quelque part derrière lui, il entend l'IG annoncer, une fois de plus, qu'il va initier son protocole d'autodestruction.

– Attire leur attention ! crie Mando. Je vais les neutraliser !

– Acceptable, répond le droïde, qui sort à découvert.

Immédiatement, l'opérateur du canon concentre ses tirs sur IG-11, bombardant son corps blindé d'une rafale sans fin. Mando ne peut s'empêcher de l'admirer : droïde ou pas, il n'a pas hésité à se mettre en danger quand la situation l'exigeait.

Profitant de cette diversion, le chasseur de primes se glisse hors de sa cachette pour contourner discrètement le canon, tandis que l'IG continue d'encaisser des tirs lourds et finit par s'écrouler sur le sol. De là où il est, Mando saisit cette opportunité. Levant la main gauche et le gantelet qui lui couvre le poignet, il projette un grappin, qui se plante dans le flanc du canon, puis rétracte brutalement le câble. Il parvient à faire pivoter la plateforme flottante, et le tireur surpris tombe de son perchoir.

C'est le moment ! Allez !

Le Mandalorien grimpe d'un bond sur l'aéropad, empoigne le canon, positionne ses doigts sur les détentes et les actionne. Tout en pivotant, il ouvre le feu sur les Nikto restants ; l'arme tressaute entre ses mains, tandis que les ennemis s'écroulent, rang après rang. En quelques secondes, tout est terminé, le dernier mercenaire est vaincu.

– Bien joué, dit l'IG. Je désactive la séquence d'autodestruction.

Mando s'approche de lui et tend la main pour l'aider à se remettre sur pied.

– Tu sais, t'es pas trop mal. Pour un droïde.

– Je suis d'accord.

– Cette décharge de blaster t'a salement amoché, constate-t-il en contemplant le plastron métallique noirci. Ça va ?

L'IG effectue un diagnostic rapide et confirme que le tir a épargné son harnais central de connexion. Le Mandalorien hoche la tête, inspire profondément, puis baisse les yeux vers le capteur de positionnement.

– Bon, dit-il. On n'a plus qu'à ouvrir cette porte.

Ils restent tous deux un instant immobiles, puis se tournent vers le canon.

OBJECTIF ATTEINT

Comme prévu, le canon ne fait qu'une bouchée de la porte blindée. Après une série de tirs directs, elle s'effondre d'un seul tenant.

Mando s'arrête un instant sur le seuil pour inspecter les lieux. L'air est lourd, vicié. De la poussière tourbillonne dans les rais de lumière venus du plafond, qui éclairent les caisses de rangement et les paquets éparpillés le long des murs. À part les Nikto, il n'y a aucune trace d'un autre occupant ; impossible de savoir à quoi leur servait exactement cet endroit ni s'il reste des combattants.

Comme invoqué par cette pensée, un mercenaire solitaire surgit d'un recoin, blaster à la main. Prenant à peine le temps de viser, le Mandalorien ouvre le feu et le garde est projeté en arrière.

– Quelqu'un d'autre ?

Aucun bruit, à part les bips du capteur de positionnement. IG se tourne vers Mando.

– Mes senseurs indiquent la présence d'une forme de vie, annonce-t-il.

Tenant le capteur devant lui, Mando s'avance en suivant le signal, de plus en plus fort, et finit par trouver un container argenté en forme d'œuf, qui flotte juste au-dessus du sol. Le chasseur se penche, presse un bouton et le couvercle s'ouvre, révélant une petite forme en partie cachée sous une couverture.

Pendant un moment, Mando se contente de l'observer. La créature lève une petite main à trois doigts et abaisse la couverture, dévoilant son visage vert, une bouche et un nez minuscules entre deux grands yeux attentifs ; ses oreilles sont si longues qu'elles touchent presque les bords de son berceau. La chose ouvre la bouche et émet une sorte de gazouillis, le bruit d'un tout petit enfant qui ne maîtrise pas encore le langage.

– Attends, fait le Mandalorien en se tournant vers le droïde. L'objectif est censé avoir cinquante ans !

– Les espèces vieillissent différemment, il peut pcut-être vivre pendant plusieurs siècles, explique IG en levant son blaster. Hélas, nous ne le saurons jamais.

– Non, l'arrête Mando. Nous allons le ramener vivant.

– La mission est très précise : l'objectif doit être éliminé.

Mando observe le droïde en réfléchissant à ses options. La détermination d'IG fait partie de sa programmation : toute discussion est inutile. Le chasseur prend rapidement sa décision. Il brandit son blaster et tire à bout portant dans la boîte crânienne du droïde ; ce dernier s'écroule, tandis que le trou dans l'acier de son blindage laisse échapper une petite volute de fumée. Mando baisse son arme, se tourne vers le landau flottant et tend le bras vers la créature qui le contemple de ses grands yeux.

Elle lève le doigt et touche sa main.

Quelques instants plus tard, ils sortent du bâtiment et s'avancent dans la lumière.

L'ENFANT

Durant sa longue carrière de chasseur de primes, le Mandalorien a pourchassé toutes sortes de proies – certaines étaient violentes, d'autres timides, d'autres encore charismatiques et apparemment amicales –, mais il n'a jamais rencontré quoi que ce soit qui ressemble à cet… enfant.

Si c'est bien un enfant, songe-t-il.

Il a cinquante ans, certes, mais les paroles de l'IG résonnent dans sa tête : *Les espèces vieillissent différemment*. Mando se surprend à observer la chose, essayant de la comprendre. La manière dont elle le regarde, avec un mélange de curiosité, d'émerveillement et de confiance, indique qu'elle est très jeune, voire qu'elle n'est encore qu'un bébé. Pourtant, une lueur d'intelligence brille dans ses yeux.

Pendant qu'il marche, le landau le suit, flottant juste derrière lui. Ils traversent l'esplanade en direction du plateau, là où les montagnes escarpées se découpent sur l'horizon rougissant. Le Mandalorien pense déjà à la suite, au Client qui l'attend sur Nevarro, à l'usage que l'homme réserve à cet objectif fort convoité. Bien sûr, la galaxie regorge de créatures hors de prix, apparemment banales et inoffensives, mais mortelles pour ceux qui font l'erreur de les sous-estimer.

Mando contemple de nouveau l'Enfant dans son landau. Ses yeux brillants se tournent vers lui, attentifs au moindre détail. La fascination du Client est peut-être celle d'un collectionneur d'espèces exotiques, qui désire ajouter ce spécimen à sa ménagerie…

Mais dans ce cas, pourquoi l'Enfant bénéficiait-il d'une telle protection ?

Pourquoi le chemin qui menait jusqu'à lui était-il aussi bien gardé ?

Le Mandalorien s'arrête pour étudier le réseau de gorges basses qui le sépare de son vaisseau. Des gorvin snus, de petites créatures rapides ressemblant à des lézards, s'enfuient sur les rochers. L'Enfant les observe attentivement. Il fera bientôt nuit et Mando doit retrouver sa route. Son blurrg a disparu – il a certainement décidé de retrouver lui-même son chemin. Ils vont devoir rentrer à pied, ce qui signifie…

Il s'arrête net, tendant l'oreille. Un coup de vent siffle dans le canyon, suivi d'un bruit caractéristique : un froissement de tissu. Ils ne sont pas seuls. Une ombre papillonne sur la paroi de pierre, juste à côté de lui.

Mando baisse la main, ouvre son holster, empoigne son blaster.

L'instant d'après, un Trandoshan se jette sur lui avec un grognement, en brandissant une vibrohache. Le Mandalorien esquive la lame et pousse le landau le plus loin possible, afin de le mettre à l'abri. Il lui semble alors qu'à l'intérieur, l'Enfant émet un petit gloussement ravi et étouffé.

Un autre Trandoshan surgit, tenant une arme similaire. Les deux, grognant et rugissant, prennent Mando en tenaille. Ce dernier lève son fusil pour bloquer le premier coup, mais le deuxième Trandoshan frappe plus bas et le touche à la poitrine. La morsure de la lame est atrocement vive, elle traverse son armure et entaille sa chair ; le chasseur de primes est parcouru d'une intense vague de douleur.

Excités par l'odeur du sang, les assaillants redoublent d'efforts. Le Mandalorien parvient à balayer l'un d'entre eux, pivote, relève son fusil pour frapper le second. Il l'immobilise d'une décharge électrique, puis lui assène un coup de crosse derrière la tête. Quand le premier se relève, fait volte-face et s'enfuit, Mando épaule son arme et actionne le disrupteur, réduisant sa cible en une pile de vêtements agités par le vent.

Des vêtements, mais *pas seulement*.

Quand il se baisse pour les examiner, Mando découvre le capteur de positionnement dont les Trandoshans étaient équipés. Des chasseurs de primes, venus chercher leur récompense. Combien le Client en a-t-il engagé ? Une douzaine ? Une centaine ?

Le Mandalorien inspire profondément. À ce stade, il risque de croiser d'autres concurrents. Mais pour l'instant, entre le vent du désert qui se lève et la nuit qui va bientôt tomber, ils doivent trouver un endroit pour bivouaquer, si possible en hauteur, le temps qu'il répare son armure et soigne ses blessures.

Ils se remettent en route.

La nuit tombe, de manière aussi brusque qu'inéluctable. Entre-temps, le Mandalorien a trouvé un endroit où s'arrêter. À la lumière de sa lanterne, il soigne les plaies sur sa poitrine et son bras à l'aide d'un petit instrument électrique. La morsure de la vibrohache a été douloureuse, mais l'entaille n'est pas très profonde et le cautérisateur la referme, laissant une boursouflure de chair plissée et noircie, qui deviendra bientôt une cicatrice. Une de plus, parmi tant d'autres.

Levant les yeux, Mando s'aperçoit que l'Enfant a grimpé hors de sa nacelle et se dirige maladroitement vers lui, la main tendue, comme s'il avait senti ce qui se passait – la douleur, la pénibilité du processus de soin – et lui proposait son aide.

Le Mandalorien le regarde et secoue la tête.

– Retourne là-dedans.

Il ramasse l'Enfant, le replace dans le landau flottant. L'obscurité est presque totale maintenant et, au-dessus de leurs têtes, les premières étoiles apparaissent, timidement d'abord, puis de plus en plus nombreuses, formant des amas lumineux. Mando se sent soudain très fatigué.

Je vais juste fermer un peu les yeux.

Lorsqu'il rouvre les paupières, il fait déjà jour.

Chapitre 8

MAUDITS JAWAS !

Quand ils arrivent en vue du *Razor Crest*, il est déjà trop tard.

Parvenu au sommet d'une colline, toujours suivi par la capsule flottante, le Mandalorien entend des cris aigus et caractéristiques, qui semblent à la fois colériques et joyeux. S'il ne parle pas cette langue, il reconnaît tout de suite les voix.

Des Jawas.

Allongé sur son promontoire, il contemple la petite armée de silhouettes encapuchonnées qui s'affaire autour du *Crest*, prélevant des pièces détachées et les transportant jusqu'à la rampe de leur énorme char des sables. Comme ils vivent depuis très longtemps dans le désert, les Jawas considèrent que tout ce qu'ils y trouvent leur appartient, de la même manière que le vent, le sable et le soleil se sont emparés des lieux.

Manifestement, ils ont déjà embarqué une bonne partie du vaisseau dans leur véhicule.

Mando épaule son fusil disrupteur et le braque sur les Jawas. Il choisit une cible au hasard et appuie sur la détente : la petite cape brune s'envole avant de retomber, vide, sur le sol. Aussitôt, l'opération de pillage se mue en panique générale. Oubliant leurs tâches, les Jawas s'éparpillent en hurlant pour se mettre à couvert. Calmement, Mando recharge le disrupteur, puis élimine les deux derniers fuyards, tandis que les autres gravissent en hâte la rampe du char des sables, dont l'écoutille se referme violemment derrière eux.

Le chasseur de primes se relève et dévale la pente, arme en main. Devant lui, le char s'éloigne déjà. Le véhicule, qui est une véritable forteresse, paraît ancien : sa cuirasse métallique a été rongée par le sable. Mais le plus surprenant est la vitesse à laquelle il se déplace. Mando accélère pour le rattraper, évaluant déjà la distance, bien conscient qu'il a besoin des pièces que les Jawas ont volées : il est prêt à tout pour les récupérer.

Même si cela implique d'escalader le flanc du char.

Mando lance son grappin et commence à se hisser sur le véhicule. Ce dernier change brutalement de direction pour se diriger vers un relief. Le chasseur, voyant l'obstacle approcher, a tout juste le temps de bondir et de se blottir dans un recoin du blindage pour ne pas être écrasé.

Le char racle la paroi rocheuse. Le Mandalorien, agrippé à une arête du véhicule, attend que cela passe, puis reprend sa position.

Il continue à grimper sur le flanc du char, sa cape claquant derrière lui dans le vent. Il a l'impression d'escalader une montagne de métal, mais il n'a pas le choix. S'il parvient à atteindre le sommet…

Bam ! Quelque chose heurte son épaule, il lève les yeux. Des écoutilles rouillées s'ouvrent partout au-dessus de lui et des Jawas apparaissent, les yeux brillants de malice. Ils se mettent à le bombarder de débris : une vieille roue, une jambe de droïde, un pignon édenté. Mando esquive les projectiles, mais manque de perdre l'équilibre. Il se raccroche d'une main et ses pieds se balancent dans le vide ; un autre objet passe en sifflant près de son visage, le ratant seulement de quelques centimètres.

Le Mandalorien lève un bras au-dessus de sa tête et actionne de nouveau son grappin, qui se plante dans l'un des palans métalliques alignés au sommet du véhicule. Grognant sous l'effort, il se hisse sur le câble, une main après l'autre.

D'autres débris pleuvent autour de lui, l'un d'eux rebondit sur sa visière. La casse mobile des Jawas ne risque pas de manquer de munitions. Mando les entend rire, s'amuser à compter le nombre de projectiles qui atteignent leur cible. Mais il n'est plus très loin maintenant, il est presque…

Une écoutille s'ouvre juste devant lui. Un Jawa se penche, armé d'une sonde électrique, et le frappe en pleine poitrine. Mando sent la décharge se diffuser dans son corps et grogne de douleur, accroché au câble, impuissant. Il saisit alors le Jawa et le jette hors du véhicule ; la petite créature pousse un hurlement aigu en tombant.

Parvenu sur le toit du char, le Mandalorien se redresse et dégaine son pistolet.

Une douzaine de Jawas l'attendent, leurs blasters à ions sont braqués sur lui. Avec un cri de victoire, ils tirent à l'unisson. Mando est projeté en arrière et tout devient noir autour de lui, tandis qu'il tombe longuement vers les ténèbres en contrebas.

– Ils t'ont jeté des *débris*? demande Kuiil, qui ne semble pas surpris, mais plutôt intrigué par ce qu'il vient d'entendre. C'est intéressant. Habituellement, les Jawas rechignent à se débarrasser de leurs trouvailles.

– Ils essayaient de me tuer, explique le Mandalorien. J'étais accroché à leur char.

La nuit tombe de nouveau. Kuiil a accueilli le chasseur de primes lorsqu'il est revenu dans sa ferme, ainsi que l'étrange créature qui l'accompagnait. En échange de son hospitalité, le Mandalorien lui a raconté une histoire fascinante, mettant en scène son vaisseau et une bande de Jawas. Apparemment, il y a eu une course-poursuite, suivie d'une terrible bataille que le Mandalorien a de toute évidence perdue.

Kuiil a écouté avec ravissement son récit dans les moindres détails, particulièrement fasciné par son échec sur le flanc du char des sables, au moment où les Jawas le bombardaient de projectiles.

Quand le Mandalorien lui explique qu'il est finalement parvenu sur le toit, mais s'est retrouvé face à une douzaine de Jawas armés de blasters qui l'ont éjecté du véhicule, l'Ugnaught secoue la tête, impressionné. Le fait que le chasseur de primes ait survécu à une telle chute témoigne de son incroyable résistance et de la solidité de son armure. Kuiil s'intéresse alors à la mystérieuse créature, qui suit des yeux une grenouille de passage, et la pointe du doigt.

– C'est cette chose qui a causé toute cette agitation ? demande-t-il.

– Je pense que c'est un enfant, répond Mando.

Kuiil n'a jamais vu de créature de cette espèce.

– Dans ce cas, il vaut mieux le livrer vivant.

– Mon vaisseau a été détruit, dit le Mandalorien en ajustant un de ses gantelets. Je suis coincé ici.

– Désossé, pas détruit, corrige Kuiil. Les Jawas sont des voleurs, pas des destructeurs.

– Désossé ou détruit, le résultat est le même. Ils sont protégés par leur forteresse des sables. Je ne pourrai jamais récupérer les pièces.

Derrière eux, l'objectif – l'Enfant – émet un babillage excité en se jetant sur la grenouille qu'il poursuivait.

Kuiil a une idée.

– Tu peux négocier.

– Avec des Jawas ? Tu as perdu la tête ?

– Je vais te conduire jusqu'à eux, dit l'Ugnaught, qui ajoute, avant que le chasseur puisse protester : Ainsi ai-je parlé.

Mando se tourne vers l'Enfant : la grenouille qu'il a attrapée n'est plus que deux longues pattes qui s'agitent hors de sa petite bouche.

– Hé ! lance Mando. Recrache ça !

Au lieu d'obéir, l'Enfant déglutit et les pattes disparaissent au fond de sa gorge. Le chasseur n'obtient pour seule réponse qu'un rot retentissant.

– Au moins, tu n'auras pas à te soucier de ça, commente Kuiil. Il semble capable de trouver sa propre nourriture.

– Il ne va pas rester très longtemps avec moi.

Kuiil indique l'horizon d'un hochement de tête.

– Si nous voulons récupérer ton vaisseau, nous ferions mieux de nous mettre en route.

Ils chevauchent toute la nuit, traversant des étendues désertes qui ne figurent sur aucune carte, sous un orage électrique et un ciel strié d'éclairs. Kuiil ouvre la voie sur son blurrg, tandis que le Mandalorien le suit à bord d'une plateforme de chargement flottante. Les chances de récupérer quoi que ce soit sont minces, mais c'est le seul moyen de quitter cette planète.

Quand ils arrivent en vue du char des sables et du campement, l'aube commence à poindre et les Jawas les ont déjà repérés. Kuiil les voit ramasser leurs armes et préparer ce qui ressemble à une contre-attaque.

– Il n'ont pas l'air de t'aimer, dit-il. Je me demande pourquoi.

– Eh bien…, répond le Mandalorien en constatant que d'autres Jawas sortent la tête par les écoutilles supérieures du char. Peut-être parce que j'en ai désintégré quelques-uns.

– Tu dois ranger ton fusil.

– Je suis mandalorien. Les armes font partie de ma religion.

– Dans ce cas, tu ne pourras pas récupérer tes pièces.

Le chasseur de primes soupire. À contre-cœur, il met son fusil de côté, tandis que Kuiil s'avance et s'adresse patiemment aux ferrailleurs, puis écoute leur réponse. Il a raison sur un point : ils n'aiment vraiment pas le Mandalorien et sont toujours outrés de ce qu'il leur a fait. Cependant, après quelques marchandages, Kuiil revient avec une offre.

– Ils veulent bien échanger toutes les pièces contre ton beskar.

– Je ne vais rien échanger ! s'emporte Mando. Ces pièces m'appartiennent. Ils me les ont volées !

Il se tourne vers eux, mobilisant ses notions rudimentaires de leur langue.

– *Dee-jug... dee-jugg... je-jo-so...*

Les Jawas explosent de rire, se moquant de sa tentative de communication.

– *Tu parles super mal le jawa !* lance celui qui lui fait face. *On dirait un Wookiee !*

– Et ça, vous comprenez mieux ?

Mando tend soudain le bras et le lance-flammes monté sur son poignet crache un jet orangé qui provoque des hurlements de peur et de surprise. Les Jawas reculent, probablement en l'insultant.

Mais Kuiil n'a pas dit son dernier mot. Il s'adresse de nouveau aux ferrailleurs, avec le même ton calme et respectueux, et ces derniers semblent réellement l'écouter.

– *S'il vous plaît,* dit-il. *Il doit bien y avoir quelque chose d'autre que vous désirez et que vous seriez prêts à échanger.*

Cette fois, leur réponse est formulée de telle façon que même le Mandalorien la comprend.

– *Apporte-nous l'Œuf. Nous voulons l'Œuf.*

– L'œuf? répète Mando en interrogeant l'Ugnaught du regard. Quel œuf?

Les Jawas se contentent de scander le même mot, encore et encore.

Œuf. Œuf. Œuf.

Kuiil se tourne vers Mando, qui lui renvoie son regard, pensant probablement la même chose que lui.

Un simple œuf. Ça ne doit pas être si compliqué que ça à trouver.

Chapitre 9

MANDO CONTRE MUDHORN

BAM !

Le Mandalorien est éjecté de la caverne sans savoir exactement ce qui l'a frappé. La chose à l'intérieur l'a projeté dans les airs et il retombe violemment sur le sol. Le choc lui comprime les poumons, lui coupe le souffle. Tout s'est passé très vite.

La créature dont il doit voler l'œuf pour récupérer les pièces de son vaisseau – et que les Jawas nomment mudhorn – lui a foncé dessus tête baissée. Mando a l'impression d'avoir percuté un mur vivant, fait de muscles et d'os.

Présentement, à en croire le bruit qui retentit dans la caverne, la chose arrive pour l'achever.

Le chasseur parvient à relever la tête, son regard s'éclaircit et il voit la bête surgir lourdement de son antre obscur et nauséabond. L'espace d'un instant, Mando l'observe, sidéré. Le mudhorn est encore plus massif et plus hostile qu'il ne le paraissait à l'intérieur de la grotte. À la lumière du jour, l'énorme corne couleur ivoire qui saille de sa gueule hirsute semble asscz pointue pour empaler tout ce qui se trouve sur son chemin. Sa fourrure brune est couverte de boue et de saleté.

Il pue la mort.

Et il est fou de rage.

Mando saisit son fusil. Tandis que la chose le charge, il sent le sol trembler sous son poids. Il lève son arme, vise, appuie sur la détente… mais rien ne se passe. Quelque chose cloche : le fusil refuse de tirer. La bête accélère, galope désormais, s'approchant de lui…

BAM !

De nouveau, il est projeté dans les airs et, cette fois, quand il touche le sol, le seul bruit est le grésillement électronique des capteurs de son casque, qui se mettent à dysfonctionner. Sa vision revient sous la forme d'une nuée de minuscules pixels tremblotants, un panorama qui finit par former la gueule de la créature. Elle recule, puis charge encore.

À la dernière seconde, Mando roule sur le côté en grognant. Il lève le bras et arrose la bête d'un jet de flammes. Elle gronde de rage, mais ne bat pas en retraite et le lance-flammes commence à crachoter, faute de carburant. Le chasseur lui tire dessus avec son grappin, ne réalisant que trop tard son erreur : il est désormais attaché au mudhorn, qui le traîne violemment derrière lui. Les ondulations du câble le font décoller avant de le projeter de nouveau à terre. Il cherche ses armes à tâtons, ne trouve que du vide. Son blaster a disparu, et avec lui son dernier espoir.

Le mudhorn se retourne, semblant sentir que la victoire est proche. Il baisse la tête et la cogne contre le sol, rugit, puis se met à charger.

Mando dégaine son couteau.

Il le tient devant lui à deux mains. Si la chose a un point vulnérable au niveau du cou, un vaisseau sanguin qu'il pourrait entailler ou percer, il lui reste peut-être une chance de s'en sortir. Dans le cas contraire, il laissera au moins une cicatrice au mudhorn, en guise de souvenir.

Il ferme les yeux et attend.

Mais rien ne se produit.

Au bout d'un moment, il se rend compte que la créature s'est remise à gronder, quelque part en face de lui. Cette fois, pourtant, son cri est différent, ressemblant davantage à celui d'un prédateur qui vient de rencontrer un adversaire nouveau et totalement incompréhensible.

Le Mandalorien lève la tête et fronce les sourcils : il n'en croit pas ses yeux !

Juste en face de lui, à portée de main, le mudhorn flotte dans les airs. Ses pieds en forme de souches s'agitent, impuissants, au-dessus du sol ; il se cabre, grogne et agite la tête, pris dans un filet invisible qu'il ne comprend pas ; ses coups de corne ne rencontrent que le vide.

Mando observe la scène, se demandant s'il s'agit d'une hallucination causée par une blessure à la tête ou d'un dysfonctionnement de sa visière. Rien, *vraiment rien* de tout cela n'a de sens. Pourtant, c'est bel et bien là, et plus il regarde, plus ce prodige lui paraît réel. Mais comment…

Il se tourne alors vers l'Enfant.

Ce dernier est resté au même endroit, dans la capsule argentée qui a suivi Mando jusqu'à l'entrée de la caverne. Cependant, il est en train de faire quelque chose d'inédit.

L'Enfant a les yeux fermés, son visage est plissé par la concentration. Une de ses petites mains est tendue en direction du mudhorn. Son corps tout entier tremble, agité par l'effort intense qu'il est en train de fournir, comme s'il puisait dans tout son être pour soulever un tel poids.

Mando comprend alors que c'est exactement ce qu'il est en train de faire.

Le moment s'étire, jusqu'à ce que l'Enfant semble soudain atteindre les limites de ses capacités. Il retombe en arrière dans la capsule et, au même moment, le mudhorn s'écrase sur le sol en beuglant de surprise.

Le Mandalorien saisit sa chance.

Se jetant en avant, il lève la main et plonge son poignard dans l'encolure de l'animal, jusqu'à la garde. La bête rugit de nouveau, mais elle faiblit, titube, sa fureur lui échappe. Elle pousse un dernier souffle, vaincue, puis recule, roule sur le côté et s'écroule dans la boue, le couteau saillant de son cou. Mando s'affale à ses côtés, complètement exténué.

Peu après, il se force à se relever, tend le bras pour récupérer sa lame et se dirige vers la capsule argentée. À l'intérieur, l'Enfant gît, inerte, les yeux fermés. Il semble aussi vidé que le Mandalorien. Le chasseur de primes le contemple, tandis qu'une myriade de questions se bousculent dans son esprit.

Des questions dont les réponses ne seront pas faciles à trouver.

Cependant, pour l'instant, il a d'autres priorités.

Faisant volte-face, il pénètre de nouveau dans la caverne.

Quand il revient au char des sables avec l'œuf, les Jawas sont déjà sur le départ. Le Mandalorien constate que la rampe d'embarquement est relevée. Il comprend que s'il était arrivé un peu plus tard, tous ses efforts se seraient révélés inutiles. Kuiil l'attend et les ferrailleurs, le voyant arriver, se tournent dans sa direction, pleins d'espoir.

– Je l'ai, annonce Mando. J'ai l'œuf.

Lorsqu'ils comprennent ce qu'il tient entre ses mains, les Jawas poussent des cris de joie. Ils se précipitent vers lui, l'entourent et lui arrachent sa prise des mains. L'objet en question est une forme ovoïde banale, couverte d'une couche de poils gluants et maculés de boue.

Mando regarde les Jawas transporter leur trophée vers le char. L'un d'entre eux le lève vers le ciel avec un cri de victoire, le présentant aux autres tel un artefact sacré censé inspirer le respect et la crainte. L'instant d'après, le chef des Jawas sort un couteau et découpe le sommet de l'œuf, révélant le liquide jaune vif qu'il contient. Tous les autres s'approchent, plongent les mains à l'intérieur et en tirent d'épais filaments visqueux qu'ils engloutissent avec gourmandise.

Le Mandalorien les observe en secouant la tête, puis rejoint Kuiil.

– Je ne pensais pas que tu m'attendrais.

– Je ne pensais pas que tu mettrais autant de temps, réplique l'Ugnaught en examinant l'armure bosselée de son interlocuteur. J'imagine que tu as une autre histoire à me raconter ?

– En effet, répond le Mandalorien.

Ils rentrent à la ferme le soir même. Kuiil chevauche son blurrg et tire derrière lui la plateforme, où s'empilent désormais les pièces détachées du *Razor Crest* que les Jawas ont restituées. Le Mandalorien est assis à l'avant, près de l'Enfant dans sa capsule, qui a toujours les yeux fermés.

– Il dort encore ? s'inquiète Kuiil.

– Oui.

– A-t-il été blessé ?

– Je ne pense pas. Pas physiquement en tout cas.

– Explique-moi encore une fois, demande l'Ugnaught en songeant à ce que le chasseur de primes lui a raconté. Je ne comprends toujours pas ce qui s'est passé.

– Moi non plus.

Ils chevauchent en silence, chacun perdu dans ses propres pensées. Kuiil ne cesse d'observer l'Enfant. Il n'a jamais rien vu de tel et, bien qu'il fasse confiance au Mandalorien, tout cela reste difficile à croire. Vaincre un mudhorn est une chose, mais faire flotter dans les airs une telle créature en est une autre… Surtout de la part d'un être aussi petit… L'Ugnaught n'arrive pas à trouver d'explication.

Quand ils atteignent le *Razor Crest*, Kuiil regarde le Mandalorien mettre pied à terre pour estimer les dégâts, puis agiter la tête d'un air résigné.

– On ne pourra jamais le réparer sans un centre de maintenance, annonce le chasseur de primes. Ça va prendre des jours.

– Si tu m'aides, ça ira un peu plus vite, grogne Kuiil. Nous avons beaucoup à faire.

Ils s'activent toute la nuit, réinstallant les pièces dérobées par les Jawas, ressoudant les câbles et les composants. Pour Kuiil, c'est l'occasion de s'absorber dans une tâche qu'il apprécie. Il a toujours éprouvé une grande satisfaction à réparer des objets endommagés, à chercher ce qui dysfonctionne dans un mécanisme pour lui redonner vie. De temps en temps, il se surprend même à parler doucement aux ordinateurs de bord du vaisseau, comme un docteur qui rassure un patient.

Peu à peu, le *Crest* commence à reprendre forme. Le matin suivant, l'Ugnaught et le Mandalorien s'installent côte à côte dans le cockpit. Le chasseur de primes allume les moteurs principaux de l'appareil, surveillant la réponse des propulseurs.

– Je ne te remercierai jamais assez, dit Mando. Laisse-moi te donner une partie de la récompense.

Kuiil lui lance un regard reconnaissant.

– Je ne peux pas accepter. Tu es mon hôte et je suis de ce fait à ton service.

Le Mandalorien hoche la tête, puis change de tactique :

– J'aurais bien besoin d'un membre d'équipage aussi qualifié. Je peux te proposer un bon salaire.

– Très honoré, répond Kuiil. Mais j'ai travaillé toute ma vie pour échapper à la servitude.

Mando hoche de nouveau la tête.

– Je comprends. Dans ce cas, je ne peux t'offrir que ma reconnaissance.

– Et je t'offre la mienne. Merci d'avoir ramené la paix dans ma vallée.

Ils quittent le cockpit et descendent la rampe d'embarquement. Le blurrg de l'Ugnaught l'attend devant le vaisseau. Kuiil l'enfourche, puis lève la main pour saluer le Mandalorien.

– Et bonne chance avec l'Enfant. Puisse-t-il survivre et te rapporter une belle récompense.

Il marque une pause, avant d'ajouter :

– Ainsi ai-je parlé.

RETOUR SUR NEVARRO

Tandis que le *Razor Crest* décolle, le Mandalorien entre des coordonnées dans le navordinateur, puis patiente le temps que le vaisseau effectue ses calculs de vitesse et de consommation de carburant pour le long vol qui les attend.

Le chasseur empoigne la manette des gaz et la pousse lentement vers l'avant.

Il jette un œil par-dessus son épaule, en direction de la capsule et de la minuscule forme immobile qu'elle contient.

L'Enfant n'a toujours pas bougé ni ouvert les yeux. L'effort qu'il a fourni pour faire léviter le mudhorn l'a épuisé. Mando secoue doucement la capsule, mais n'obtient aucune réaction. Il s'intéresse de nouveau au tableau de bord.

Derrière lui, il entend un gazouillis.

Il se retourne et constate que l'Enfant est assis dans le landau. Il a ouvert ses grands yeux, qui scintillent et l'observent avec toujours autant d'intérêt. Le Mandalorien le fixe à son tour.

L'Enfant est vivant et en bonne santé ; pour l'instant, c'est tout ce qui compte.

Mando vérifie une dernière fois sa trajectoire vers Nevarro et se prépare au long trajet retour.

Plus tard, il entend de légers bruissements de tissu, des couvertures qu'on repousse, et s'aperçoit que l'Enfant est sorti de son landau et marche maladroitement dans sa direction. Quelque chose sur le tableau de bord du vaisseau a attiré son attention : un petit objet brillant.

Avant que Mando puisse voir de quoi il s'agit, un bip aigu retentit et l'holoprojecteur s'allume, affichant l'image de Greef Karga. Les mains sur les hanches, il est manifestement satisfait.

– Mando, j'ai reçu ta transmission. Merveilleuse nouvelle. À ton retour, livre la proie directement au Client. Je ne sais pas s'il a l'intention de la manger ou de l'accrocher au mur, glousse l'agent de la Guilde, mais il est plus qu'impatient. Sois prudent. Tu sais où me trouver.

Mando jette un regard à l'Enfant, qui a dévissé la boule d'un levier de commande et la tient devant son visage, comme s'il s'apprêtait à l'avaler. Le chasseur de primes lui reprend l'objet.

– Ce n'est pas un jouet, explique-t-il.

Il saisit l'Enfant par le col de sa tunique, et celui-ci émet un petit roucoulement aigu lorsqu'il le replace dans sa capsule. Le Mandalorien prépare alors son approche finale de Nevarro.

Mando marche dans les rues bondées, couvertes de crasse grise ; la pollution industrielle se mêle aux odeurs de la ville. Il se dirige vers la planque où il a accepté de rencontrer le Client. Il bifurque dans la ruelle, suivi par le landau flottant, puis s'arrête et tambourine contre la porte.

Quelques instants plus tard, un droïde sentinelle déploie une longue tige télescopique terminée par un œil rouge. Le vocaliseur du droïde marmonne quelques mots, un mélange de question et de défi.

Mando sort le laissez-passer que lui a fourni le Client quand il a accepté cette mission, et le place devant l'œil rouge. L'instant d'après, la porte s'ouvre en coulissant. Il se retrouve face à deux stormtroopers armés de blasters. Ils s'écartent, jettent un regard dédaigneux à l'Enfant, puis dévisagent Mando, avant de pousser la capsule à l'intérieur, sans ménagement.

– Fais gaffe avec ça, prévient Mando.

– *Toi*, fais gaffe, réplique le soldat.

Ils entrent et empruntent un couloir étroit, puis passent deux autres portes. Devant eux, dans une pièce un peu plus grande, le Client est assis derrière un bureau. Le Dr Pershing est debout à côté de lui. Quand le vieil homme les voit arriver, il se lève sans chercher à dissimuler son excitation.

– *Oui*, dit-il en s'approchant de la capsule pour examiner son contenu. Oui, oui, oui.

L'Enfant gémit doucement quand Pershing brandit un senseur de diagnostic portable devant son petit visage. Le docteur le braque sur ses yeux, la lumière ambrée projette des motifs complexes sur ses traits.

– Il est en pleine forme, annonce-t-il. *Parfait.*

Le Client se redresse pour faire face au Mandalorien.

– Votre réputation n'était pas usurpée.

– Combien de capteurs aviez-vous distribués ? demande Mando en pensant au droïde chasseur de primes IG, aux Trandoshans qui l'ont attaqué par surprise sur Arvala-7 et à tous ceux qui auraient pu tenter de le tuer pendant cette mission.

– Cet objectif était extrêmement important pour moi, explique le Client comme si cette réponse suffisait. Je devais être sûr qu'il me soit livré.

Il se dirige vers son bureau et soulève un gros container cylindrique.

– Mais seul le vainqueur a droit à la récompense, lâche-t-il.

L'homme saisit la combinaison et le container s'ouvre, telle une fleur métallique, révélant une pile de plaques de beskar.

Le Mandalorien s'avance et en ramasse une, sentant son poids caractéristique au creux de sa main. Il sait que le Client l'observe.

– Une prime énorme pour une si petite livraison, dit le vieil homme.

Sur sa droite, Mando entend des pleurs : Pershing est en train de pousser la capsule hors de la pièce. L'Enfant se retourne vers le chasseur avec une expression de peur croissante et de confusion ; il ne comprend pas ce qui lui arrive. Ils passent le seuil, puis la porte se referme derrière eux.

– Que comptez-vous en faire ? demande le chasseur de primes au Client.

Celui-ci lève un sourcil, manifestement amusé par cette question.

– Étrange question. Cela ne correspond pas à votre réputation. Le code de la Guilde ne stipule-t-il pas que ces événements sont désormais oubliés ?

Le Mandalorien reste silencieux. Une autre porte coulisse derrière son interlocuteur et deux stormtroopers entrent dans la pièce, leur présence soulignant le fait qu'il n'a plus rien à faire ici.

– Il y a là assez de beskar pour renouveler complètement votre armure, poursuit le

Client. Malheureusement, trouver un Mandalorien, par ces temps difficiles, est plus difficile que trouver de l'acier.

Mando regarde le vieil homme, les stormtroopers, et baisse de nouveau les yeux vers le beskar. Puis il tend la main vers le container, le referme et le soulève. L'objet est étonnamment lourd et son poids le ralentit telle une ancre quand il se dirige vers la porte.

– Une telle quantité peut être forgée de bien des manières, dit l'Armurière.

De l'autre côté de la forge, Mando la regarde, elle et les deux autres individus assis dans l'ombre projetée par les flammes bleues.

– Mon armure a perdu son intégrité, explique-t-il. Je dois repartir de zéro.

– Certes, répond-elle. Je peux façonner une cuirasse. Mais je dois te mettre en garde : elle va attirer bien des regards.

Au même moment, comme pour illustrer les propos de l'Armurière, Mando entend des bruits de pas derrière lui, suivis par un ricanement désapprobateur. Un grand Mandalorien nommé Paz Vizsla se tient là.

– Ces plaques sortent d'une fonderie impériale, dit-il. C'est là le butin de la Grande Purge, qui nous oblige à nous terrer comme des rats.

– Notre clandestinité assure notre survie, intervient l'Armurière. Et notre survie est notre force.

– Notre force s'appuyait jadis sur notre nombre, répond l'autre soldat. Désormais, nous vivons dans l'ombre, ne nous aventurant qu'un par un à la surface.

Au fur et à mesure, la colère dans sa voix devient plus vive, plus intense.

– Notre monde a été dévasté par l'Empire, l'Empire dont *ce* lâche partage la table, poursuit-il en indiquant Mando.

Quand sa main se pose sur le bras du chasseur, ce dernier se lève d'un bond pour faire face à son opposant, sa lame déjà sortie de son étui. Vizsla attaque, son propre couteau s'arrête juste sous le casque de Mando. Les deux se dévisagent, immobiles, attendant chacun un mouvement de l'autre.

L'Armurière se lève.

– L'Empire n'est plus, dit-elle. Et le beskar nous a été rendu. Quand on choisit la voie de Mandalore, on devient chasseur et proie. Comment peut-on être un lâche en choisissant ce mode de vie ?

Elle se tourne vers Mando.

– As-tu déjà enlevé ton casque ?

– Non.

– A-t-il été enlevé par d'autres ?

– Jamais.

Elle hoche la tête.

– Telle est la Voie.

Tous les autres répètent en chœur ses mots, restaurant une sorte d'unité au sein du groupe – ce qui était bien son intention.

Mando s'écarte du fantassin et sent que la tension retombe dans la pièce.

– Telle est la Voie, dit-il.

L'Armurière s'intéresse alors à son épaulière et à son plastron brisés.

– Qu'est-ce qui a causé ces dégâts ?

– Un mudhorn.

– Tu mérites donc d'avoir le mudhorn comme blason. Je le façonnerai.

– Je ne peux pas accepter, répond Mando. Cette mise à mort n'était pas noble… J'ai reçu l'aide… d'un ennemi.

– Pourquoi un ennemi combattrait-il à tes côtés ?

Il pense à l'Enfant qui lève la main, à son corps qui tremble sous l'effort intense.

– Il… ignorait qu'il était mon ennemi.

– Puisque tu renonces à un blason, j'utiliserai l'excédent pour forger des oiseaux siffleurs. Ce sont des armes de défense puissantes. Mais elles sont rares : utilise-les avec parcimonie.

Le Mandalorien recule et attend. Tandis que l'Armurière travaille le métal dans sa forge, quelque chose dans le fracas du marteau et le sifflement du métal en fusion évoque en lui des souvenirs d'une implacable clarté. Des sons et des sensations si vivaces qu'ils ne sont plus de simples souvenirs, mais des événements qui ont de nouveau lieu.

Il est avec ses parents, ils sont tous les trois pourchassés et terriblement vulnérables, fuyant à terrain découvert tandis que la rue explose autour d'eux et que les droïdes de combat se rapprochent. Mando sent l'odeur de la fumée, entend les cris. Il voit le visage de ses parents tandis que le monde se referme sur eux. Les mains de sa mère se posent sur ses épaules, elle l'enlace une dernière fois, puis ses parents le poussent dans un bunker et referment la porte : l'ultime image qu'il a d'eux se réduit à un étroit faisceau de lumière, juste avant qu'une explosion ne réduise en poussière toute trace de leur existence…

Mando reprend son souffle. Son cœur bat la chamade, sa gorge est aussi sèche que le désert d'Arvala-7. Il a tout revu – tout *revécu*. Ce n'est pas la première fois, et ce ne sera pas la dernière.

Chapitre 11

NOUVEAU DÉPART

Greef Karga est assis à sa place habituelle quand Mando entre dans le débit de boisson. Il porte sa nouvelle armure, dont le beskar, tout juste sorti de la forge de l'Armurière, brille encore de mille feux. Son casque et sa visière étincellent tandis qu'il traverse la pièce.

Lorsqu'il s'assied à la table de Karga, les autres chasseurs de primes l'observent avec jalousie et ressentiment. Manifestement, ils étaient tous convaincus que l'objectif du Client leur reviendrait. Karga lève son verre en l'honneur de son meilleur chasseur et de la fortune qu'il leur a rapportée. Il tapote les plaques de beskar qu'il a glissées dans sa poche intérieure, au niveau de son cœur.

– Même *moi*, je suis riche ! glousse-t-il, visiblement déçu quand il constate que son compagnon ne partage pas sa joie.

– Je veux ma prochaine mission.

Il ne s'attendait pas à ce que le chasseur se vante de son succès, mais cette demande le prend au dépourvu.

– Ta prochaine mission ?

Le visage de Karga semble s'allonger sous le coup de la surprise.

– Je veux ma prochaine mission.

Karga soupire.

– Très bien. Tous les chasseurs aiment avoir de quoi s'occuper.

Le Mandalorien attend. Avant la fin de la conversation, il a accepté la plus haute prime que Karga avait à sa disposition : le fils d'un aristocrate qui a profité de sa liberté sous caution pour échapper à la justice. Le palet de traque

au creux de la main, il se lève et s'en va, déterminé à rejoindre son vaisseau et à quitter Nevarro le plus vite possible… en espérant que ce départ l'aidera à oublier l'Enfant.

Et au début, c'est bien le cas.

Une nouvelle mission, sa nouvelle armure ; les rituels familiers à bord du *Razor Crest*, l'allumage des moteurs, l'entrée des coordonnées de sa destination dans le système de navigation… Tout cela suffit à occuper son esprit, à ne pas penser à celui qu'il laisse derrière lui.

Il parvient presque à oublier.

Jusqu'à ce qu'il tende la main vers le levier de commande.

C'est là qu'était la boule ronde et brillante, celle que l'Enfant a dévissée parce qu'elle avait attiré son regard. Le Mandalorien baisse les yeux. La boule est posée à côté du levier.

Il la ramasse et la fait rouler entre ses doigts, pensant de nouveau au visage apeuré de la jeune créature quand le Dr Pershing est parti en poussant le landau, se souvenant de son cri plaintif et angoissé. Il commence à revisser la boule, mais s'arrête, perdu dans ses pensées.

Il éteint les moteurs, sort du vaisseau et se dirige de nouveau vers la ville.

– *Je m'en fiche !*

La voix du Client crachote dans le micro directionnel longue portée relié aux écouteurs internes du casque de Mando.

– *Je vous ordonne d'extraire le matériel nécessaire et d'en finir.*

Le chasseur de primes, perché sur un toit, utilise le scanner de son casque pour écouter la conversation. Il s'est posté là discrètement en sortant de l'allée qui longe la planque, où il a trouvé la capsule de l'Enfant dans une poubelle. En la voyant ainsi au milieu des déchets, il a cessé de douter du bien-fondé de sa décision.

Il se dirige vers l'entrée de la planque, place le détonateur thermique sur la porte et enclenche le compte à rebours. Ce qui va se passer ensuite se soldera soit par un succès, soit par un échec, mais il sait déjà qu'il n'a pas d'autre choix.

Désormais, il ne peut plus faire demi-tour.

Des années plus tard, les troubadours de Nevarro chanteront encore le jour où le Mandalorien a enfreint le Code et a signé son propre arrêt de mort, et il existe autant de versions différentes de cette histoire que d'oreilles pour les écouter.

Mais toutes commencent par l'explosion.

La charge grise était assez puissante pour arracher la porte de ses gonds. Un instant plus tard, Mando est dans la planque, progressant parmi les volutes de fumée et les gerbes d'étincelles, essuyant les tirs des stormtroopers qui accourent (certains affirment qu'ils étaient douze, d'autres qu'ils étaient plus nombreux), alertés par le bruit. Les soldats se montrent à la hauteur de leur réputation : ils se battent, puis meurent, tandis que Mando se taille un chemin vers le tunnel qui mène au labo du Dr Pershing.

Quand il entre dans la pièce, ce dernier est en train d'extraire quelque chose de l'Enfant. Mando le saisit et l'écarte violemment; le docteur atterrit à genoux sur le sol, les mains levées devant son visage.

– Je vous en prie ! J'essaie de le sauver ! Sans moi, il serait déjà mort !

Mando prend l'Enfant et le cale au creux de son bras. Il fait volte-face, puis s'engouffre de nouveau dans le passage, son blaster à la main.

Les stormtroopers foncent sur lui, faisant feu de toutes parts. Esquivant les tirs, le chasseur de primes recule et riposte, avant de disparaître dans la pénombre. Il entend déjà d'autres soldats qui courent dans le couloir attenant, discutant entre eux, déterminés à le faire sortir de sa cachette. Une rafale de blaster fuse dans la coursive. Un tir atteint le mur au-dessus de sa tête et il sent l'Enfant tressaillir.

Le Mandalorien riposte, pivote et se retrouve nez à nez avec un trooper menaçant. Il pointe les broches qui prolongent le canon de son fusil disrupteur sur la poitrine de son adversaire : une décharge électrique se répand en crépitant à travers son armure. Le chasseur de primes se tourne vers le deuxième soldat, derrière lui, actionne son lance-flammes : le stormtrooper recule en poussant des hurlements.

Cependant, d'autres continuent à arriver. Au bout du couloir, Mando se faufile jusqu'à l'entrée, s'arrêtant pour guetter les bruits de pas des stormtroopers, qu'il élimine les uns après les autres. Quand il parvient au bureau du Client, là où il a accepté le beskar, il se retrouve cerné.

– Halte !

– Pas un geste !

– Les mains en l'air !

– Lâche ton blaster !

Le Mandalorien sent le poids de l'Enfant contre lui, entend ses gémissements ; ses yeux brillants le contemplent. Lentement, il baisse son arme.

– Attendez… Ce que je transporte est très précieux. Regardez…

Il s'agenouille, pose son pistolet sur le sol devant lui, et quand les stormtroopers s'approchent…

Les oiseaux siffleurs.

De minuscules projectiles jaillissent de son gantelet, virevoltant et tournoyant dans toutes les directions, traversant les soldats avec une implacable précision.

En l'espace de quelques secondes, ils s'écroulent tous sur le sol.

Mando enjambe leurs corps et poursuit son chemin.

Au même moment, partout sur Nevarro, dans les cantinas et dans les rues, des voyants rouges se mettent à clignoter sur les capteurs de positionnement de tous les chasseurs de primes.

En sortant de la planque, le Mandalorien n'a pas besoin de regarder alentour pour sentir le filet qui se resserre sur lui. Il reconnaît les bruits de pas de ses rivaux, entend les alarmes électroniques stridentes qui se déclenchent et dont le son se répercute entre les murs de la ville.

L'atmosphère semble se contracter autour de lui, comme si l'air lui-même cherchait à l'emprisonner. Au bout de la rue, Greef Karga l'attend. Les mains de son vieil ami s'écartent, feignant un accueil chaleureux.

– Content de te revoir, Mando ! s'exclame-t-il.

Puis son ton et son attitude changent :

– Maintenant, pose ce colis à terre.

Le Mandalorien ne bronche pas.

– Écartez-vous, dit-il, conscient qu'une panoplie d'armes sont braquées sur lui de tous les côtés. Je vais regagner mon vaisseau.

Personne ne bouge. Sur sa droite, à environ un mètre de lui, un pilote de speeder commercial – une unité R-6 – émet des sifflements effrayés.

– Pose l'objectif à terre, réplique Karga, et j'accepterai peut-être de te laisser passer.

– L'Enfant vient avec moi.

– Si tu te soucies vraiment de lui, mets-le dans le speeder, et on pourra discuter.

Mando connaît par cœur ce type de marchandage et la question suivante va de soi.

– Pourquoi devrais-je te faire confiance ?

– Parce que je suis ton seul espoir, répond Karga avec assurance, semblant convaincu qu'il maîtrise la situation.

Apparemment, Greef Karga a pensé qu'il connaissait suffisamment Mando pour prédire ses réactions, ses choix. Le Mandalorien le regarde et attend, laissant planer le silence.

Puis il bondit avec souplesse en direction du speeder. Faisant écran de son corps pour protéger l'Enfant, il se met à tirer et élimine deux des chasseurs de primes les plus proches, avant d'atterrir à l'arrière du véhicule. Surpris, le droïde du speeder se tourne vers lui.

– Démarre ! ordonne Mando.

Le droïde refuse, paniqué, et le chasseur braque son blaster sur lui.

– *Démarre !*

Le droïde hurle et le véhicule s'élance dans la rue, tandis que Mando continue de faire feu de toutes parts, abattant des chasseurs. Il épaule alors son fusil disrupteur et désintègre les derniers qui se dressent sur sa route avant qu'ils ne puissent riposter.

Quelque part, Karga leur crie d'épargner l'objectif. Une consigne presque absurde, tant les décharges pleuvent de tous côtés. Au bout de la rue, le speeder finit par percuter un tas de gravats et s'arrête brusquement. À l'intérieur, Mando entend les propulseurs qui sifflent avant de rendre l'âme.

Il relève la tête, arme en main. Il voit Karga, qui se trouve maintenant tout près de lui, flanqué d'autres chasseurs. L'agent de la Guilde hoche la tête d'un air approbateur en direction du disrupteur.

– C'est une arme impressionnante !

Mando ne répond pas. L'Enfant s'agite entre ses bras. La montée d'adrénaline qui lui a permis d'arriver jusqu'ici commence à se dissiper. Il a profité du mieux possible de l'effet de surprise et, désormais, tout peut arriver.

– Voilà ce que je vais faire, dit-il. Je vais marcher jusqu'à mon vaisseau avec l'Enfant, et tu vas me laisser passer.

– Non, répond Karga. Écoute plutôt ça : nous prenons l'Enfant et, si tu essaies de nous en empêcher, on te descend et on récupère les pièces détachées.

Cette fois, Karga n'est pas dans l'expectative, il n'y a ni assurance ni confiance dans sa voix. Il est prêt à tirer, comme tous les autres chasseurs qui l'entourent.

Acculé, raconteront les troubadours de Nevarro, *le Mandalorien ne voyait pas comment s'en sortir. Tout ce pour quoi il avait combattu, risqué sa vie, allait prendre fin, à cause de son absurde désobéissance, de sa folle témérité...*

L'explosion suivante, quand elle se produit, vient d'au-dessus d'eux.

Mando lève la tête, aussi surpris que tous les autres de voir des silhouettes en armures lourdes se dresser sur les toits de la ville. Il écarquille les yeux, comprenant de qui il s'agit.

Ses frères mandaloriens survolent la foule grâce à leurs jetpacks, tirant sur les chasseurs, qui se dispersent. Ils descendent vers le sol et Mando reconnaît Paz Vizsla, le soldat qui l'a défié et affronté au couteau dans la forge de l'Armurière. Vizsla et de nombreux autres guerriers ont mis sur pied une équipe d'intervention parfaitement organisée, qui oblige les chasseurs à battre en retraite, offrant à Mando la possibilité de s'échapper.

– Partez d'ici ! hurle Vizsla pour couvrir le bruit des blasters lourds. On va les retenir !

– Vous allez devoir déménager, répond le Mandalorien.

Sans hésiter, le soldat réplique :

– Telle est la Voie.

– Telle est la Voie, répète Mando.

Il prend la petite forme apeurée de l'Enfant, se tourne vers le vaisseau et se met à courir.

– Pas si vite, Mando, dit Karga.

Le chasseur a gravi la moitié de la rampe du *Razor Crest* quand il se retourne pour découvrir l'agent de la Guilde, les sourcils froncés, un blaster à la main.

– Je ne voulais pas en arriver là, dit-il. Mais tu as enfreint le Code !

Mando se contente de le regarder. Aussi incroyable que cela paraisse, l'homme semble réellement offensé, comme si la décision du Mandalorien était un affront personnel. Est-il possible, après tout ce qui s'est passé, après qu'il a menacé de le tuer et de le réduire en pièces détachées, que Greef Karga le considère encore comme une sorte d'ami ?

Sans le quitter des yeux, Mando lève la main et projette un grappin dans le tableau de bord. Aussitôt, un nuage de gaz sous pression emplit l'espace qui le sépare de Karga. Ce dernier plisse les yeux, fou de rage, et braque son blaster à droite et à gauche de manière erratique, cherchant à localiser le Mandalorien.

Le chasseur l'abat.

Ce n'est qu'une fois qu'ils sont dans le cockpit du *Razor Crest* et qu'ils quittent l'atmosphère de Nevarro que le chasseur de primes dévisse la boule au bout du levier. Il la tend à l'Enfant, qui la prend de sa toute petite main en exprimant son intérêt.

Mando l'observe, l'Enfant lui rend son regard. Il ne leur reste plus qu'à dénicher un endroit où se cacher, une planète isolée où ils pourront attendre que les choses se tassent.

Et cet endroit ne sera pas difficile à trouver : un endroit où règne la paix…

Fin

TABLE

hachette s'engage pour l'environnement en réduisant l'empreinte carbone de ses livres. Celle de cet exemplaire est de :
350 g éq. CO_2
Rendez-vous sur
www.hachette-durable.fr

PAPIER À BASE DE FIBRES CERTIFIÉES

Photogravure Nord Compo - Villeneuve-d'Ascq

Imprimé par Rotolito Romania en Roumanie
Dépôt légal : janvier 2021
Achevé d'imprimer : décembre 2020
17.3046.8/01 – ISBN 978-2-01-628923-5
Loi n° 49956 du 16 juillet 1949
sur les publications destinées à la jeunesse